DE LA FORTVNE

LETTRE MORALE A MONSEIGNEVR LE PREMIER PRESIDENT.

Par le P. PIERRE LE MOYNE de la Compagnie de IESVS.

A PARIS,
Chez AVGVSTIN COVRBE', dans la petite Salle du Palais, à la Palme.

M. DC. LX.

DE
LA FORTVNE.
LETTRE MORALE
A MONSEIGNEVR
LE
PREMIER PRESIDENT.

Inistre ſouuerain de l'Empire des Loix,
Arbitre des Deuoirs, Diſpenſateur des droits,
Lamoignon, pour le moins, pendant que l'interuale,
Qui ſur noſtre Oriſon, les Iours aux Nuits égale,
Rappellant au repos l'Année & le Soleil,
Leur laiſſe plus de temps à donner au Sommeil;
Permettez à vos ſoins, ſouffrez à vos penſées,
Du tumulte & du bruit des Cliens haraſſées,

De ſortir de la foule, & ſe rendre au loiſir,
Qui leur prepare vn ſage & vertueux plaiſir.
Homere, Theocrite, Euripide, Virgile,
Vous attendent en troupe aſſemblez à Baſuille.
Vous leur rendrez l'eſprit, quand vous les reuerrez:
Ils vous couronneront, vous les éclairerez.
Homere le premier vous offrira ſon Sage,
Qui des Biens & des Maux vous apprendra l'vſage:
Et vous diuertira de cent éuenemens,
Mieux feints, plus inſtructifs, que tous ceux des Romans.
Euripide fera ſur ſes diuerſes Scenes,
Marcher aueque train les Paſſions humaines:
Et Virgile à vos yeux déployra le Deſtin,
D'Albe Mere de Rome, & du Peuple Latin.
Mais, ſur tous, les Bergers fauoris d'Arethuſe,
Conduits par Theocrite, inſpirez de ſa Muſe,
Feront pour vous, au ſon de leurs doux chalumeaux,
Répondre les vallons, & danſer les ormeaux.
Ay-je aſſez de merite, auray-je aſſez d'audace,
Pour me joindre à ces Grands arriuez du Parnaſſe?
Et pourray-je, comme eux, à voſtre Eſprit fournir,
Dequoy le delaſſer, dequoy l'entretenir?
Ie viens tout fraiſchement d'acheuer vn voyage,
Que j'ay fait ſans trauail, comme ſans équipage,
Par des chemins couuerts, où les aiſles du Temps,
Ne pouſſerent jamais neiges, greſles, ny vents:
Et les Eſprits tout purs, conduits de leur lumiere,
Vont ſans ſuite de corps, & ſans train de matiere.
Le voyage m'a plû; je l'ay fait ſeurement,
Et paſſant d'vn climat à l'autre, en vn moment,

I'ay veû des raretez, & trouué des merueilles,
Dans le Monde connu jusqu'icy sans pareilles;
Quoy que l'on ayt écrit, quoy l'on ayt chanté,
Du vieux Palais de Circe, autrefois si vanté,
La suite en est étrange, & digne de memoire;
Et je vay, LAMOIGNON, vous en faire l'Histoire.

Dans vne Isle branslante, & de sable mouuant,
Qui suit le cours des flots, & roule au gré du vent;
Il se voit vn Palais, sans regle, & sans mesure, *Le Palais de la Fortune.*
Mais d'vne extrauagante & bizarre structure;
Dont l'ouurage subit, sans le secours de l'Art,
S'éleua de morceaux assemblez au hazard.

On n'y consulta point le Niueau, ny l'Equerre,
Pour alligner le Plan, pour ajuster la pierre:
Et les appartemens en tumulte dressez,
Sur les pieds du Compas, n'y furent point tracez.
La bouë, en tel endroit, étalée en parade,
Y fait vne Corniche, y couronne vne Arcade:
En tel autre le chaume & le plastre meslez,
S'éleuent sur la porte, au Porphyre égalez.
Des bois demy-pourris y regnent sur la face:
D'autres bois vermoulus sur le faiste ont leur place;
Et des Marbres de prix loin des yeux, loin du jour,
Sont laissez sans honneur dans vne Basse-cour.

La plus grande merueille, & la plus étonnante,
Est, que tout l'Edifice a la face changeante;
Et sans autres ressors, que le souffle des vents,
Par des conduits secrets du sable s'éleuans,
Il reçoit tous les jours differentes figures,
Mais toutes sans dessein, sans ordre & sans mesures.

Là, regne la Fortune; elle tient là sa Cour;
Et de tous les Climats, que voit l'Astre du Iour,
Les Humains à la foule à ce Palais accourent,
Les Courtisans de la Fortune. Au trauers des écueils, & des Mers qui l'entourent.
Tous ont la mesme enuie, & font le mesme effort,
Pour vaincre les perils, & pour gagner le bord:
Mais la fin est diuerse, où l'enuie est commune;
Et les mesmes efforts n'ont pas mesme fortune.
Les vns, apres auoir lutté, ramé long-temps,
Contre les flots émeus, contre les mauuais Vents;
Auant qu'auoir touché, qu'auoir veû le riuage,
Dans le sein de la Mer, acheuent leur voyage.
Les autres dans des bancs, par les courans portez,
Ou contre les écueils par les vagues jettez,
Des bancs & des écueils, où leurs membres pourrissent,
Du sucez de leurs vœux, les Passans auertissent.
Ceux qu'vn vent plus heureux conduit jusques au port,
Pour auoir meilleur temps, n'ont gueres meilleur sort.
La porte du Palais à peu de gens ouuerte,
Laisse les rebutez sur la plage deserte;
Où la nuit sans repos, le jour sans pause errans,
Et de soins, de chagrins, d'ennuys se déchirans,
Ils maudissent les bancs, les écueils, & l'orage
Qui n'ont pû terminer leurs maux par vn naufrage:
Et pareils à des chiens, qui de longs hurlemens,
Se plaignent de leur faim, à l'air, à l'ombre, aux vents,
Ils rodent à l'entour des fatales murailles;
Et de cris, en rodant, se rompent les entrailles.
Là, je vis des Sçauans, & des Braues connus,
Les vns estropiez, les autres demy-nus;

Les vns d'armes chargez, les autres de volumes,
Preſenter au Portier leurs lauriers & leurs plumes:
Mais auec leurs lauriers, & leurs plumes exclus,
Ils frapoient l'air de cris, & de vœux ſuperflus:
Et cependant des Sots, & des Poltrons eſclaues,
Aux yeux de ces Sçauans, au mépris de ces Braues,
Entroient à porte ouuerte, & paſſoient librement,
Iuſques où la Fortune à ſon appartement.
Là meſme des Beautez par les Vertus menées,
Et de mille agrémens par les Graces ornées,
Demeuroient à la porte, & pour elles en vain,
Les Graces de la voix, les Vertus de la main,
Supplioient le Portier, qui bizarre & ſauuage,
A peine pour les voir détournoit le viſage;
Et laiſſoit le pas libre, à des Spectres coeffez,
Sous leurs habillemens, ſous leur fard étouffez.
Ie vis encore là des Gents d'vne autre ſorte,
Que le Portier farouche éloignoit de la porte.
Ces Gents-là, me dit-on, aymant ſans eſtre aymez,
Eſtoient de leur chagrin, jour & nuit conſumez.
Les plus diſcrets d'entre eux obſtinez au ſilence,
A leurs ombres à peine en faiſoient confidence:
D'autres, moins retenus, aux Vents le commettoient,
Et les Vents plus hardis, aux Echos le portoient.
En vain les vns penſoient charmer de la Guitarre,
Du Portier inhumain, l'humeur fiere & bizarre:
Et les autres en vain luy preſentoient des vers,
De dorures, de fleurs, & de parfums couuers.
Le ſçauoir, la valeur, la naiſſance, la mine,
L'Eſprit meſme, qui vient d'vne ſource diuine,

Sont là de foibles noms, sont des droits impuissans:
L'Introducteur n'agit ny d'ordre ny de sens:
Et tandis qu'vn Heros à sa porte soûpire,
Pour luy faire dépit, il accueille vn Satyre.
Tous ceux que le Hazard, commis à cét employ,
Reçoit sans consulter ny merite, ny loy,
Apres cette faueur de si loin poursuiuie,
N'y sont pas en assiette à faire plus d'enuie.
Il faut que je découure à la Posterité,
De ce lieu, que l'on croit des Heureux habité,
Les diuers logemens, les differens offices,
Et de ces faux Heureux, les soins & les seruices.
Les Hommes inspirez ont droit d'aller par tout;
Ils courent l'Vniuers, de l'vn à l'autre bout:
Et jusqu'à ce Desert, où la Nuit est immense,
Où l'espace est sans corps, comme sans existence,
Il n'est point de Climat, soit vray, soit fabuleux,
Où ne passe l'Esprit, qui marche deuant eux.
Guidé de cét Esprit, sans craindre le naufrage,
Ie trauersay la Mer, je gaignay le riuage,
Et vis, sur son credit, le bizarre sejour,
Où la Fortune tient son inconstante Cour.
La porte du Palais me fut à peine ouuerte,
Que la Reyne Fortune à mes yeux découuerte,
Parut sur vn Balcon en saillie auancé;
Les Largesses de la Fortune.
Delà sur vn grand Peuple, à l'entour amassé,
Elle jettoit Mereaux, Bulletins, & Boulettes,
Qu'elle tiroit sans choix, de deux riches Cassettes.
Mereaux diuers de coin, comme diuers de prix;
Bulletins vrays & faux, diuersement écrits;

Boulettes

Boulettes de matiere & de poids differentes,
Et toutes, de mesme or également brillantes.
Mais cét or infidele, & cét éclat trompeur,
En toutes n'estoient pas des garands de bon-heur:
Et peu de ces Mereaux, buletez de promesses,
Portoient des lots d'honneur, ou des lots de richesses.
Aussi, les yeux leuez, & les bras étendus,
Chacun suiuoit ces dons au hazard épandus;
Les vns couroient deuant, d'autres poussoient derriere:
Le tumulte & la presse éleuoient la poussiere;
Leur foule leur estoit vn obstacle commun,
Ce que cent poursuiuoient, n'estoit pris de pas vn.
Et la Fortune aymoit à voir dans ce desordre,
Les vns s'égratigner, & les autres se mordre.
Elle rioit, de voir, de tant de Concurrens,
Les visages diuers, les gestes differens;
Quand les vns abusez, plaignoient leur auenture,
Et de leurs bulletins detestoient l'imposture:
Les autres hors d'haleine, & de sueur moüillez,
Sanglans de coups de dents, & de poudre soüillez,
Ne trouuoient en leurs mains, qu'vne trompeuse argille,
Déguisée au dehors d'vn éclat inutile.
D'autres en petit nombre, à leur gré satisfaits,
Des lots auantageux, écheûs à leurs souhaits,
S'épandoient vainement aux yeux de leur Deesse,
En battemens de mains, en longs cris d'allegresse:
Et pour luy r'engager leurs sermens & leur foy,
Abjurant tout deuoir, reniant toute loy,
Par vne apostasie infame, & criminelle,
Luy voüoient de n'auoir de culte que pour elle.

Quoy? disois-je, étonné de voir si peu de fruit,
Poursuiuy de si loin aueque tant de bruit;
On s'expose aux écueils, on se liure aux orages,
On trauerse des Mers fameuses en naufrages,
Pour disputer icy, de l'ongle & de la dent,
Des promesses en l'air, des lots jettez au vent?
Que les Cupiditez sont trompeuses & vaines,
Qui pour si peu de gain, nous donnent tant de peines!
Que leurs fols Pretendans ont l'Esprit enchanté!
Que du Droit, que du Vray, leur Sens est écarté!
Et que de pas perdus, que d'esperances vuides,
Pour quiconque se fie à de si fausses Guides!

La Loterie de la Fortune.

Cependant les Heureux, qui sur leurs bulletins,
Croyoient pouuoir pretendre à de meilleurs destins;
Auec empressement, arriuent à la Sale,
Où la Reyne du Lieu ses richesses étale.
Ie m'y rends auec eux, & demeure surpris,
D'y voir les Lots diuers d'artifice & de prix.
Les vns brilloient au loin, d'vne viue lumiere,
Qui sortoit par éclairs du fond de leur matiere.
Les autres éclatoient de rayons empruntez,
Et d'vn juste rapport l'vn à l'autre ajoustez.
Les plus riches thresors, les objets les plus rares,
Des cœurs ambitieux, & des Esprits auares,
Diademes de Pourpre & de Perles meslez,
Sceptres de Diamans & de Rubis greslez,
Et cent autres Atours, tissus par la Fortune,
Soit d'étoffe de prix, soit d'étoffe commune;
Soit legers ou massifs, soit obscurs ou luisans,
Pour attirer les yeux, sont là mis sur les rangs.

Mais que leur montre eſt fauſſe! & qu'elle en fait accroire,
Soit aux Eſprits piquez du deſir de la Gloire;
Soit à ceux, qui vaincus de plus groſſiers deſirs,
A des biens plus peſans, terminent leurs plaiſirs!
Parmy ces Lots d'argent, de gloire, de puiſſance,
Ie n'en vis point d'Eſprit, de Vertu, de Science:
Point qui donnaſt du Sens, ou qui promiſt du cœur:
Pas vn qui fuſt Nobleſſe, Eloquence, ou Valeur:
Et là je reconnus l'erreur de la Commune,
Qui cherche les vrays Biens, où regne la Fortune.
Elle peut éclaircir, elle peut colorer,
Elle peut meſme encore enrichir & dorer;
Mais auec ſa richeſſe, aueque ſa dorure,
La bouë entre ſes mains, ne perd point ſa nature.
Vn brutal, vn vilain, comblez de ſes bien-faits,
Ne changent point d'eſprit ny de corps ſous le Days.
VnNain eſt Nain par tout, quelque rang qu'on luy donne:
Et de quelques brillans qu'éclate vne Couronne
Vn Negre, par le hale, & le temps bazané,
Ne deuient pas plus beau, pour eſtre couronné.
Au deſſus de ces Lots, il ſe voit des Peintures,
Fameuſes d'artifice, & riches de bordures,
Où ſont de la Fortune en grand repreſentez, *Les Amours de la Fortune.*
Les bizarres amours, & les déloyautez.
Là, ſans conſiderer, ny vertu, ny nobleſſe,
Cette capricieuſe & phantaſque Maiſtreſſe,
Se liure à des Valets, s'abandonne à des Nains,
Qu'elle-meſme couronne, & pare de ſes mains.
Les Graces, les Vertus, les Muſes irritées,
A ſemblables amours ne ſont point inuitées:

Et les parts monſtrueux, ou les auortemens,
Sont le fruit naturel de ces embraſſemens.
Dans les autres Tableaux, on voit les Tragedies,
De ſes déloyautez, & de ſes perfidies:
Ses Amans, au gibet à ſes yeux attachez:
Ses Mignons, en morceaux, par les Peuples hachez:
Ses preſens mis au feu, ſes Couronnes foulées,
Et par l'Executeur ſes faueurs violées.
Là ſur les bulletins, les Lots furent liurez;
Et tous ces faux Heureux de leur ſort enyurez,
De la mine, & des mains, les tours accompagnerent,
Que leurs Eſprits fumeux à leurs teſtes donnerent.
Mais tous ces Biens trompeurs, auſſi faux qu'incertains,
Eſtant ſoucis aux cœurs, eſtant chardons aux mains,
Pas vn d'eux n'en receut, qui de ſon Auarice,
Ou de ſa Vanité, ne portaſt le ſupplice.

Les Preſens de la Fortune.

I'en vis, qui bien à peine eurent le dos chargé,
De l'Or, que leurs billets leur auoient ajugé,
Qu'vne ſoudaine bile auſſi toſt répanduë,
Et le long de leurs corps, comme cire étenduë,
Leurs eſprits altera, leurs humeurs corrompit,
Le jaune dans les yeux, & dans l'ame leur mit.
Leurs regards, leurs penſers, leurs deſirs s'en teignirent;
Iuſques dans leur cerueau, leurs ſonges s'en peignirent;
Et ſur l'illuſion de leurs yeux colorez,
Tous les objets pour eux, eſtant d'or, ou dorez,
L'ardeur que leur cauſoit cette fauſſe teinture,
Portoit leur vaine ſoif, ſur toute la Nature.
Ie vis bien dauantage; il vint à chacun d'eux,
Des ongles plus crochus, plus ſanglans, plus hideux,

Que ceux de ces Griffons, qui dans le ſein des Mines,
Se nourriſſent de morts, s'engraiſſent de rapines.
Vn autre, au meſme inſtant qu'il ſe vid couronné,
Du Lot riche & pompeux à ſon front aſſiné;
Le ſentit heriſſé de pointes épineuſes,
Brillantes au dehors, au dedans douloureuſes,
Qui naiſſant tout à coup, luy percerent la peau,
Mirent leurs aiguillons juſques dans ſon cerueau;
Et par là, le repos & le ſens en chaſſerent,
Et l'eſprit de vertige & de trouble y pouſſerent.
Son front ainſi ſanglant, & d'vlceres ouuert,
Fut d'vn eſſain nombreux en vn moment couuert,
D'vn eſſain ramaſſé de mouſches differentes,
Toutes également auides & mordantes:
Quelques-vnes eſtoient de couleur de Soucy,
Les autres paroiſſoient d'vn teint plus obſcurcy;
Et les jaunes faiſoient, non moins que les obſcures,
A qui l'agiteroit le plus de leurs piqueures.
Là, je compris le ſens des plaintes de ces Roys,
Qui du joug de leur charge ont décrié le poids:
Ie compris, que le tour qui leur teſte enuironne,
Pare moins qu'il ne peſe, & moins qu'il n'aiguillonne:
I'appris que les rayons, qui ceignent la Grandeur,
Sont des cloux à l'eſprit, ſont des ronces au cœur:
Et qu'il n'eſt point de Ruche en mouſches ſi feconde,
Que le ſont en chagrins les Couronnes du Monde.
Vn autre, pour ſon Lot, eut vn marbre carré,
De Saphirs, de Rubis, d'Opales entouré,
Où la Nature heureuſe à peindre d'auenture,
Auoit d'vn grand Palais ébauché la ſtructure:

Et la main de l'Ouurier, au bon-heur du hazard;
Ajoustant la methode & les regles de l'Art,
Auoit fait vn Tableau, de si riche maniere,
Que l'Art n'y laissoit point de prix à la matiere.
Là, du fameux Sejan l'histoire se voyoit;
Rome, l'auguste Rome, à ses pieds se ployoit:
Senateurs & Consuls, auparauant si braues,
Deuenus ses flateurs, deuenus ses Esclaues,
De l'epaule, à l'enuy, vers le Ciel le haussoient,
Tandis que de genoux les Peuples l'encensoient.
Tibere le premier presidoit à la feste,
Et luy-mesme s'ostant le Bandeau de la teste,
Sembloit auecque luy, le vouloir partager,
Et du faix de l'Estat sur luy se décharcher.
Le Tibre, l'Ocean, la Ville dominante,
Et du Monde Romain, la Fortune Intendante,
D'vn geste de respect, venoient luy presenter,
Le timon general, qu'il sembloit accepter:
Et cent bras occupez à tailler son Idole,
Des-ja luy destinoient sa place au Capitole.
Riche & belle apparence, à qui ne s'arrestoit,
Qu'à ce que le deuant du Tableau presentoit!
Mais apparence triste, & de mauuaise augure,
A qui, par le lointain, regardoit la peinture!
Là, tout à coup Sejan se voyoit renuersé,
Et de l'énorme poids de sa masse froissé.
La Fortune en passant l'entraisnoit de sa Roüe;
Et laissoit, de son corps, les pieces dans la boüe.
La populace émeuë, à sa chûte accouroit;
Et ses membres épars, de fureur déchiroit.

Les vns, la corde au col, promenoient ſes Statuës,
Des Temples, des Palais, des Places abbatuës;
Les autres, dans le feu, les jettoient par morceaux:
Mille Sejans de bronze en couloient à ruiſſeaux;
Et cét Emulateur de la Grandeur diuine,
A la fin deuenoit vn meuble de Cuiſine.
Deux ſemblables Tableaux hardiment deſſinez,
Furent ſur leurs billets, à deux autres donnez:
Dans l'vn, ſur le deuant, ſe voyoit Beliſſaire,
Rouge du ſang des Gots, qu'il venoit de défaire.
Auec leurs Eſcadrons à ſes pieds terraſſez,
Leurs Etendars eſtoient l'vn ſur l'autre entaſſez:
Icy, le ſang couloit; là, montoient les fumées,
Qu'on euſt dit, qui reſtoient de l'ardeur des Armées.
Le Vainqueur paroiſſoit aſſis ſur vn Eſcu,
Oſté dans le combat, au General vaincu:
Deux Aigles ſ'accrochoient du bec & de la ſerre,
Et prenant leur eſſor, l'éleuoient de la terre,
Tandis que la Victoire au deſſus voltigeoit,
Et d'vn feüillage vert le Guerrier ombrageoit.
Mais, que dans ce Tableau, le braue Belliſſaire,
Eſtoit ſur le derriere à luy-meſme contraire!
Là, pauure & mendiant, ſans retraitte & ſans pain,
A l'aumoſne il tendoit cette terrible main,
Sous laquelle il tomba, tant de ſuperbes teſtes;
Par laquelle il ſe fit, tant d'illuſtres conqueſtes:
Cette main, qui le vol des Aigles gouuernoit;
Qui leur donnoit l'eſſor, & qui les retenoit;
Qui tant de fois jadis, les auoit engraiſſées,
Du ſang des Roys défaits, & des Villes forcées.

Les Peuples étonnez de le voir abbatu,
Accusoient la Fortune, & blasmoient la Vertu:
L'vne tournant le dos, d'vne mine insolente,
Paroissoit se railler, de ce trait de changeante:
Et l'autre, d'vn visage aussi triste que fier,
Sembloit leuer les mains, pour s'en justifier.
Le troisiéme Tableau montroit en basse-taille,
Sur vne lame d'or, vn reste de bataille.
Là, sur vn tas sanglant de differens harnoys,
Sur les corps de cent Chefs, joints à ceux de cent Roys,
Bajazet couronné des mains de la Victoire,
Eclatoit d'vne affreuse & formidable gloire.
Les Trosnes abbatus, & les Sceptres cassez,
Se voyoient à ses pieds, l'vn sur l'autre entassez.
La Grece assujettie, & de chaisnes chargée,
La Thrace gemissante, & sous le joug rangée,
Luy montroient en pleurant dans des Pots ciselez,
Les cendres qui restoient de leurs Païs bruslez:
Et de peur de se voir au mesme sort reduite,
L'Egypte, deuant luy, sembloit prendre la fuite.
Le lointain du Tableau, bien diuers du deuant,
Faisoit voir par l'effort d'vn soudain coup de Vent,
Ce Conquerant décheu du faiste de la gloire,
Où l'auoit par degrez éleué la Victoire.
Là, pris, chargé de fers, mis en cage, & traisné
Apres son Ennemy, comme vn Dogue enchaisné,
Il sembloit le front bas, le sang sur le visage,
Et la teste cassée aux barreaux de sa Cage,
Depiter Tamberlan, la Fortune, & le Sort,
D'empescher qu'il sortist de leurs mains, par la mort.

De

Le Festin de la Fortune.

De la Sale, où je vis tenir la Loterie
Ie passay de plein pied, dans vne Galerie,
Où d'vn riche Festin l'appareil étalé,
En apparence, au moins, pouuoit estre égalé,
A la pompe de ceux que les Maistres du Monde,
Composent du butin de la terre & de l'onde.
Mais tout cét appareil si beau, si precieux,
Estoit moins pour le goust, qu'il n'estoit pour les yeux.
Et reserué deux Plats de Nulles parfumées,
Qui paissoient le cerueau d'agreables fumées;
Deux de Cresme foüetée, & quatre de Soucys
Colorez de faux or, de faux miel adoucis;
Tout le reste n'estant qu'ingenieuses feintes,
Soit de fruits contrefaits, soit de viandes peintes,
Ie reconnus assez qu'en vn Festin si vain,
Tout abusoit l'Esprit, rien n'appaisoit la faim.
Mais rien ne me surprit, comme fit vn Seruice,
De Massepains formez d'vn exquis artifice.
Quelques-vns paroissoient en Palais éleuez,
Tous les Secrets de l'Art s'y voyoient obseruez:
Pilastres, Chapiteaux, Colonnes, & Corniches,
S'y montroient en petit aussi justes, que riches.
Quelques autres estoient en Throsnes façonnez;
En Sceptres, en Colliers, d'autres estoient tournez:
Et d'autres arrondis en Couronnes Royales,
Brilloient de Diamans, de Rubis, & d'Opales.
Mais tout cela n'estant qu'vn Sucre delié,
Et de minces glaçons subtilement lié,
Pour peu qu'on y touchast, Corniches & Colonnes,
Palais & Tribunaux, Thiares & Couronnes,

S'en allant par éclats au moindre mouuement,
Se déroboient aux yeux comme à l'attouchement.
Les Vins que l'on sert là, fumeux, souffrez, caustiques,
Ne font, plus on en boit, que des Foux Hydropiques.
De ces Foux alterez, les vns enflez & vains,
Comme si l'Arc-en Ciel estoit entre leurs mains,
S'érigent en Seigneurs de la Terre, & de l'Onde,
Et traittent de Vassaux tout le reste du Monde.
Les autres enyurez, perdant le souuenir,
Du fumier, d'où n'aguere on les a veûs venir,
Sur les rapports du vin qui trouble leur memoire
Et qui leur fait trouuer des Ayeux dans l'Histoire,
Y prennent à credit des tiltres & des noms;
Se forgent sur le vieil, de nouueaux Escussons:
Et pour accompagner leurs vaines Armoiries,
Mettent des Prez, des Bois, des Ponts en Seigneuries.
De là, je fus conduit dans vn Salon voûté,
Et de force rocaille au hazard encrousté:
La Rouë de la Fortune. Du bas jusques au faiste, vne Rouë exhaussée,
Sur vn double piuot s'y voyoit balancée:
Ie ne sçay quoy de beau, de lumineux, de grand,
Paroissoit au dessus, comme en vn Cercle ardent.
Ie vis tout le dehors de cette Rouë enorme,
Armé de cloux diuers de métal, & de forme.
I'en vis de plomb, d'acier, de fer, de ce metal
Dont l'éclat aux Esprits, comme aux yeux est fatal.
Mais or, acier, & fer, piquoient d'égale force,
Tous les vains Pretendans, qui seduits par l'amorce,
De ce je ne sçay quoy, qui sous la Voûte luit,
Faisoient, pour y monter, grande presse, & grand bruit,

Ils pouſſoient à la foule, autour de la Machine;
Leur folle ambition s'expliquoit par leur mine:
Les bras hauts & bandez, le corps droit & tendu,
Et ſur les pieds leuez à demy ſuſpendu,
Chacun d'eux employoit la force & la ſoupleſſe,
Pour grimper ſur la Roüe, & monter de viſteſſe,
Tandis que ſon repos leur ſouffroit d'eſperer,
D'en atteindre la cime & de s'en emparer.
Les vns faute d'adreſſe, ou de perſeuerance,
Auſſi-toſt laſchant priſe, & perdant l'eſperance,
Abandonnoient la place à ceux qui les ſuiuoient,
Et le long de la Roüe en grimpant s'éleuoient.
Ie leur voyois à tous les jambes vlcerées,
Les bras enſanglantez, & les mains déchirées.
Par tout je leur voyois les piqueures des cloux;
Et les plus precieux n'eſtoient pas les plus doux.
Mais tous, ſoit dans les yeux, ſoit dans l'air du viſage,
Tantoſt montroient leur crainte, & tantoſt leur courage,
Selon qu'entre leurs bras la Machine tournoit,
Ou que ſa fermeté leurs efforts ſouſtenoit.
Plus auec ces efforts, ils s'approchoient du faiſte,
Et plus l'exhauſſement leur ébranloit la teſte:
Et ſemblables à ceux, qui du vin étourdis,
Ont l'eſprit en deſordre, & les ſens interdits,
Ils ſuiuoient au dehors, par de bizarres geſtes,
De leurs cerueaux mal ſains les vapeurs indigeſtes.
Quand tout à coup la Roüe aueque bruit tourna,
Et les plus éleuez à terre ramena.
Le tour fut ſi ſubit, & de telle viſteſſe,
Qu'il ſurmonta leur force & trompa leur adreſſe.

Ceux qui laſcherent priſe, au loin furent jettez;
Les autres plus tenans, de la Roüe emportez,
De leur ſang, & la Roüe, & le paué tremperent;
Et leurs corps écraſez en exemple laiſſerent,
A tous les Pretendans, qui malades comme eux,
Des Simptomes que donne vn cœur ambitieux,
Expoſent leur ſalut, au branſle d'vne Roüe
Que le Hazard gouuerne, & dont le Sort ſe joüe.
  De là, portant les yeux, par vn Balcon ouuert,
Au dehors baluſtré d'vn Iaſpe noir & vert;
Le Iardin de la Fortune. Ie découure vn Iardin ſans ordre & ſans figure,
Où le Hazard fait plus, que ne fait la Nature.
Des Arbres qu'on y voit ou venus ou plantez,
Si les vns ſont tardifs, les autres ſont haſtez:
Les vns chargez de fruit, & parez de feüillage,
Etendent à l'entour vn agreable ombrage:
Du faiſte juſqu'au pied les autres écorchez,
En vain leuent au Ciel, leurs bras nus & ſechez.
Mais & les mieux en fruit, & les mieux en verdure,
N'ont ny durable bien, ny durable parure:
Et pour les dépoüiller, il ne leur faut ſouuent,
Quelque éleuez qu'ils ſoient, qu'vn coup de mauuais vent.
  I'en vis, qui grands jadis, alors couchez à terre,
De leurs troncs noirs encore, & brûlez du Tonnerre,
Apprenoient aux Paſſans, qu'il regne dans les Cieux,
Vn Eſprit, qui par tout, bat les Ambitieux.
Et comme j'admirois, qu'vne flâme legere,
Qui ne fait qu'ouurir l'air d'vne aiſle paſſagere,
Euſt aſſez de vertu, pour détruire des Corps
Fournis de bras ſi longs, munis de pieds ſi forts;

Vn ſoudain tourbillon deſcendu d'vn nuage,
Sur vn Pin, qui ſembloit vouloir brauer l'orage,
L'enleue en ma preſence; & pouſſant auec bruit,
L'écorce & les rameaux, les feüilles & le fruit,
Luy fait en l'abbatant, malgré ſa lourde maſſe,
Perdre juſqu'à ſon ombre, & juſques à ſa place.
  Là, rien ne me donna plus grand étonnement,
Que certains Champignons, qui faits en vn moment,
Nez dans l'obſcurité, formez de pourriture,
Et venus d'vne ſource auſſi baſſe qu'impure,
Montant à la hauteur des Arbres les plus forts,
En Voûte par dedans, en Dôme par dehors,
A des Moles pareils, de leur enflure vaine,
Epuiſent l'air au loin, & deſſechent la plaine.
Mais ces fruits monſtrueux, bien toſt détruits des vents,
Foulez des Animaux, ne durent pas long-temps:
Vne nuit les éleue, vne nuit les diſſipe,
Et les fait retourner à leur ſale principe.
  Apres on me montra l'Attelier où ſe font
Les Dieux, que la Fortune, ou taille, ou moule, ou fond. *L'Attelier de la Fortune.*
Là, ſans ordre je vis de cette grande Ouuriere,
Les ouurages diuers de forme & de matiere,
Les vns desja parfaits, les autres ébauchez,
Les vns hauts ſur la baſe, & les autres couchez.
I'y remarquay peu d'or, & beaucoup de dorure;
Peu de juſte merite, & beaucoup d'impoſture.
  Des Coloſſes de plaſtre, au dehors éclatans,
Mais ſans cerueau, ſans cœur, & ſans nerfs au dedans,
Quoy que de baſſe étoffe, & de façon groſſiere,
D'vn air hagard pourtant, & d'vne mine altiere, *Les Ouurages de la Fortune.*

Semblent là s'apprester de la teste & des mains,
A receuoir le culte, & l'encens des Humains.
D'autres taillez de bois, d'autres moulez d'argile,
Et d'autres de matiere ou plus riche, ou plus vile,
Mais tous dorez ou peints, tous vuides ou bourrez,
Soit de linges pourris, soit de draps déchirez,
Attendent là le temps d'estre mis en parade,
L'vn au bout d'vn Salon, l'autre sur vne Estrade;
Celuy-cy sur l'Autel, celuy-là sous le Dais;
Et chacun de tenir son rang dans le Palais.
En tout cét Attelier, je ne vis point d'Ouurages,
Capables de souffrir le Temps, & ses outrages.
Les plus fermes n'estoient que plastre coloré,
Que terre ciselée, ou que bois figuré.
Marbre, Iaspe, Porphyre, & semblables matieres,
Que le Soleil durcit dans le sein des Carrieres,
Rebelles à l'Ouurier, dures aux instrumens,
Veulent vn long trauail, demandent vn long-temps:
Et la Fortune pronte, étourdie, & volage,
Peut à peine deux fois toucher vn mesme ouurage.
Il faut que son sujet, dés la premiere main,
S'ajuste à son caprice, & suiue son dessein.
Aussi, tout ce qui part de cette prontitude,
Est sans solidité, comme il est sans étude:
Et tout ce qu'elle ébauche en courant, & d'vn trait,
Le Temps courant comme elle, à ses yeux le défait.
Mais bien loin de porter, pour sauuer ses Ouurages,
La main deuant le Temps, & deuant les orages;
Ne la voyons-nous pas elle-mesme souuent,
Sans attendre l'effort ny du Temps, ny du Vent,

Quelquefois par dégouſt, quelquefois par caprice,
D'autrefois par dépit, ou par pure malice,
Abbattre ſes Geans, ſes Coloſſes moulez,
Aueque Piedeſtaux, & Cubes éboulez?
Et ſans conſiderer ny couleur, ny dorure,
Sans auoir de reſpect, pour tiltre, ou pour figure
Rompre, caſſer, briſer, & reduire en plaſtras,
Des Dieux de ſa façon teſtes, jambes, & bras?
Ie vis, non loin delà, de ſemblables rauages,
De ſes plus renommez, de ſes plus beaux Ouurages.
De grands Corps autrefois des Peuples adorez,
D'offrandes & d'encens autrefois honorez,
S'y voyoient en morceaux étendus ſur la terre,
Comme l'on voyt, apres la chûte du tonnerre,
Des Cheſnes abbatus, & des Pins renuerſez,
Les troncs & les rameaux, en éclats diſperſez.
Ie paſſay, pour ſortir, à trauers ces ruïnes,
De Coloſſes, d'Autels, de faux Dieux, de Machines;
Et par tout où j'allois, mes pieds à chaque pas,
Heurtoient de quelque Idole ou la teſte, ou le bras.
Enfin ſortant delà, par vne fauſſe yſſuë,
Qui des plus éclairez à peine eſt apperceuë;
I'entray dans vn Deſert, où d'vne & d'autre part,
Des Rochers eſcarpez effroyoient le regard.
C'eſt à cette tragique & pitoyable Scene,
Qu'aboutiſſent les Ieux de la Fortune humaine.
Là, de ſes vains Amans, ſi cheris autrefois,
Les vns eſtoient cloüez à de funeſtes bois:
Les autres pourriſſoient ſur des roches affreuſes,
De leur ſang, de leurs os, de leur cendre boüeuſes;

L'iſſuë du Palais de la Fortune.

Et d'autres ſe voyoient d'enhaut precipitez,
Et moulus des cailloux, qu'on leur auoit jettez.
I'en vis, qui depuis peu chaſſez par la Fortune,
Errant de jour au hale, & de nuict à la Lune,
Déchirez, demy-nus, affamez, languiſſans,
Le deſeſpoir au cœur, le trouble dans les ſens,
Cherchoient ſur les Torrens, & ſur les precipices,
Le chemin qui conduit à la fin des ſupplices:
Et faiſoient retentir de pitoyables tons,
Le ventre des rochers, & le ſein des Vallons.
Ie plaignis leur malheur; je regrettay la peine,
Qui ſuit les Pretendans de la Grandeur Humaine:
Et reuins confirmé dans le juſte mepris,
De tout ce que le Monde a mis à ſi haut prix.
Mais, Sage LAMOIGNON, ſans tableau, ſans figure,
Vous en auez tousjours reconnu l'impoſture.
Ce qu'en tout autre fait l'etude auec le temps,
L'Eſprit l'a fait en vous, aueque le bon Sens.
Et ſans la dureté de ces fieres Maximes,
Dont l'Ecole Stoïque arme ſes Magnanimes;
Sans les preſeruatifs de ces Dogmes hautains,
Dont ſes Sages ſe font plus farouches que ſains;
Vous auez tenu bon, contre l'erreur commune,
Qui ſouſmet & Petits & Grands à la Fortune.
L'Encenſoir à la main, on ne vous vid jamais,
Incliné deuant elle attendre ſes bienfaits.
Ce que vous en auez, eſt moins de ſa largeſſe,
Qu'il n'eſt de la Vertu, qui de force ou d'adreſſe,
Sur cent droits alleguez, l'a portée à donner,
Toute injuſte qu'elle eſt, dequoy vous couronner.
Auſſi

Auſſi voſtre Grandeur que le merite a faite,
Ne peut eſtre au reproche, au murmure ſujette ;
Comme ſont ces Grandeurs, que moule le Hazard,
Où le Droit, le Deuoir, le Choix n'ont point de part.
Elle eſt entiere & juſte, ordonnée & legale,
D'vne matiere pure, & de meſure égale ;
Et faite ſur vn Plan des Sages approuué ;
Et ſelon leurs ſouhaits, par le Prince éleué.
Tout le Public en joye accompagna l'Ouurage,
D'vn battement de mains, & d'vn commun ſuffrage.
Et la Fortune aueugle, au bruit de tant de voix,
Dont les Peuples rauis felicitoient les Loix,
Apprit auec regret, que ſans auoir pris d'elle,
Ny de Materiaux, ny meſme de Modele,
La Vertu toute ſeule, euſt apres ſes Patrons,
Deſſiné ce Chef-d'œuure, & l'euſt fait de ſon fonds.
Que c'eſt vne loüange à peu de Grands commune,
D'eſtre Grand, ſans deuoir ſa taille à la Fortune !
De n'eſtre pas l'Ouurage, & l'effort du Hazard ;
Mais l'effet de l'Eſprit, du Merite, & de l'Art !
De n'eſtre pas vn Nain, ſur vne haute Baſe,
Qui d'vne part accable, & qui de l'autre écraſe !
Vn Nain qui ne ſe void, que par le fond d'autruy,
Et n'a rien d'éleué, que ce qui n'eſt pas luy :
Mais d'eſtre haut ſans Baſe, éleué ſans Colonne,
Et de ſoy-meſme auoir Mortier, Pourpre & Couronne.
Ioüiſſez-en long-temps, Illuſtre LAMOIGNON,
Faites regner au loin, vos Vertus, voſtre Nom ;
Et qu'apres vous encor, leur Image immortelle,
Soit des grands Magiſtrats la Regle & le Modele.

FIN.

PAr grace & Priuilege du Roy ſigné CONRART, il eſt permis à AVGVSTIN COVRBE', Marchand Libraire à Paris, de faire imprimer vne Poëſie, intitulée, *Lettre Morale de la Fortune*, durant l'eſpace de trois ans, & deffenſe eſt faite à tout autre de l'imprimer ſous peine de l'amende portée par ledit Priuilege.

www.ingramcontent.com/pod-product-compliance
Ingram Content Group UK Ltd.
Pitfield, Milton Keynes, MK11 3LW, UK
UKHW020529180726
13839UKWH00005B/2401